© 2014 texto Cristina Santos
ilustrações Freekje Veld

© Direitos de publicação
**CORTEZ EDITORA**
Rua Monte Alegre, 1074 – Perdizes
05014-001 – São Paulo – SP
Tel.: (11) 3864-0111 Fax: (11) 3864-4290
cortez@cortezeditora.com.br
www.cortezeditora.com.br

Direção
*José Xavier Cortez*

Editor
*Amir Piedade*

Preparação
*Alessandra Biral*

Revisão
*Alessandra Biral*
*Gabriel Maretti*
*Rodrigo da Silva Lima*

Projeto Gráfico
*Anelise Zimmermann*

Edição de Arte
*Mauricio Rindeika Seolin*

Dados Internacionais de Catalogação na Publicação (CIP)
(Câmara Brasileira do Livro, SP, Brasil)

Santos, Cristina
Abecedário da Natureza Brasileira / Cristina Santos;
ilustrações Freekje Veld. – 1. ed. – São Paulo: Cortez, 2014.
ISBN 978-85-249-2161-2
1. Literatura infantojuvenil. I. Veld, Freekje II. Título.
13-12605      CDD-028.5

Índices para catálogo sistemático:
1. Literatura infantil        028.5
2. Literatura infantojuvenil  028.5

Impresso no Brasil — agosto de 2025

Cristina Santos

# Abecedário da Natureza Brasileira

Ilustrações: Freekje Veld

1ª edição
2ª reimpressão

Relaciono os pesquisadores brasileiros e estrangeiros, cujos resultados das pesquisas são apresentados neste livro: Alexander Brandt, Alexsander V. M. Costa, Andrei L. Roos, Bruno Corbara, Bruno C. S. Castro, Caroline C. Arantes, Claudia M. Rezende, Danielle S. Garcez, Edson V. Lopes, Érica Pacífico, Flávio H. G. Rodrigues, Flávio K. Ubaid, Helder L. de Queiroz, Helmut Sick, Ivan Sazima, Jairo L. Schmitt, Jean C. Budke, John S. Dunning, Juliana Quadros, Leandro Bugoni, Leandro Castello, Leandro Silveira, Leonardo V. Mohr, Lenir A. do Rosário, Linda S. Ford, Luciana P. Ferreira, Luciane L. Fraga, Luciano B. da Silva, Luiz dos Anjos, Marcela A. de S. Leite, Marcelo Mazzolli, Marcos A. Tortato, Marcio A. Efe, Oscar Rocha–Barbosa, Paulo G. Windisch, Paulo H. Schneider, Paulo T. Z. Antas, Peter Crawshaw, Ricardo B. Machado, Robert S. Hoffmann, Rogério C. de Paula, Rogério Martins, Samuel B. de Oliveira Júnior, Sérvio P. Ribeiro, Steven J. Presley, Tadeu G. de Oliveira, Thais L. Codenotti, Tomas Sigrist, Vera M. F. da Silva, Vivian F. S. Corrêa, Waleska Gravena, Warren Kinzey, William Belton (*in memoriam*) e Yuri T. Rocha. Também vale citar os livros: *Dicionário histórico das palavras portuguesas de origem tupi*, de Antonio Geraldo da Cunha, e *Pequeno vocabulário português-tupi*, de Pe. Antônio Lemos Barbosa.

# Sumário

Apresentação • 7
Arara-azul-de-lear • 8
Boto-vermelho • 10
Caninana • 12
Dossel • 14
Ema • 16
Furão • 18
Garapuvu • 20
Harpia • 22
Irara • 24
Jupará • 26
*Kuika* • 28
Lobo-guará • 30
Maguari • 32
Narceja • 34
Onça-parda • 36
Pirarucu • 38
Quiri-quiri • 40
Restinga • 42
Sumaúma • 44
Tecelão • 46
Urutau • 48
Vitória-régia • 50
*Waxini* • 52
Xaxim • 54
*Ybyrapytanga* • 56
Zogue-zogue • 58

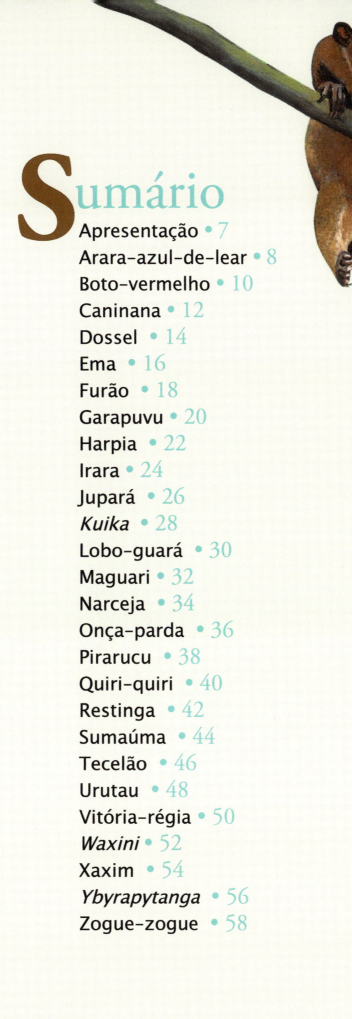

Apresentar a natureza brasileira a partir das letras do alfabeto não é tão desafiador quanto parece. Afinal, este é o país que reúne a maior biodiversidade do planeta. Somos campeões em número de espécies de primatas, mamíferos, peixes de água-doce e insetos. O primeiro lugar em diversidade de plantas também é nosso. Se não somos os campeões, estamos entre os países com a maior riqueza de aves, anfíbios e répteis. Uma das explicações para números tão expressivos é a grande extensão territorial do Brasil, contemplada por seis biomas (Amazônia, Caatinga, Cerrado, Mata Atlântica, Pampas e Pantanal), cada qual com paisagens únicas.

Mais desafiador do que apresentar esse tesouro que nos pertence é perceber que é necessário conhecê-lo para que possamos criar um elo de interesse, respeito e proteção. Não podemos demorar para tomar essa atitude, porque muitos dos animais e plantas mostrados neste livro diminuem em número a cada dia. O principal motivo é a perda de seus espaços naturais, que são tomados pelo homem para construção de barragens para as hidrelétricas, para plantação de grandes monoculturas e para pastagens, causando os intermináveis desflorestamentos. A poluição das águas de nossos inúmeros rios, a tentativa de morarmos em locais que deveriam estar preservados, a captura de animais e a retirada de plantas pelos mais diversos motivos também fazem parte do conjunto das grandes ameaças àqueles que deveriam estar sendo protegidos por todos nós, brasileiros.

Uma pequena amostra da natureza brasileira é apresentada de A a Z neste livro. Mas, como falar de plantas e animais com nomes começados pelas letras K, W e Y? Simples: basta lembrarmos que os primeiros habitantes desta grande nação foram os indígenas das mais diversas etnias, cada qual com suas tradições orais. A partir da observação da cor, do tamanho, da forma e do comportamento, os primeiros nomes de animais e plantas foram escolhidos por eles e muitos são utilizados até hoje.

# Arara-azul-de-lear
*Anodorhynchus leari*

A arara-azul-de-lear vive na Caatinga, um lugar em que a vegetação é esparsa e há enormes paredões de rocha que se destacam na paisagem. Esculpidos por milhares de anos pelos ventos e pelas chuvas, esses paredões são repletos de cavidades, que se tornaram lugares seguros para a ave descansar e criar seus filhotes.

A refeição preferida dessas araras são os coquinhos da palmeira licuri. Logo que amanhece, elas voam em bando até o local onde as palmeiras estão e partilham os frutos presos a um grande cacho. Com o bico, elas abrem os coquinhos ainda verdes em duas partes perfeitamente iguais e comem a macia e adocicada polpa. No papo, guardam um pouco de polpa e com ela alimentam os filhotes, que ficam com um cheiro doce que lembra o leite de coco.

Na Caatinga, o colorido da arara-azul-de--lear chama a atenção. Sua beleza fez que, por longo tempo, muitas fossem capturadas e vendidas aos traficantes de animais; com essa prática, elas quase deixaram de existir. Foi necessário um esforço coletivo para salvá-las da extinção. Agora, as pessoas que lá vivem aprenderam a proteger um dos mais belos animais de nossa fauna.

# Boto-vermelho
## *Inia geoffrensis*

O boto-vermelho vive nos rios da Amazônia. Debaixo d'água, ele se desvia das árvores nos igarapés, conseguindo chegar aonde os peixes estão. A boca comprida remexe o fundo cheio de folhas, encontrando outras presas que lá se escondem.

Mãe e filhote nadam juntos nas águas calmas das margens dos rios. Permanecem em dupla pelo tempo em que o filhote mama o leite materno. Um grupo de botos parentes ou não pode se reunir em um local com mais peixes, o que torna mais fácil a pescaria. Depois cada um segue seu rumo, nadando para onde gosta de ficar.

Uma lenda muito antiga da Amazônia diz que, nas noites de festa dos pequenos lugarejos, o boto sai da água e se transforma em um belo rapaz. Na alegria da festa, ele dança e namora, tomando o cuidado de voltar para o rio antes do amanhecer, quando se transforma novamente em boto. Dentro d'água, também encanta as fêmeas de boto-vermelho. Ele é mais rosado e as corteja trazendo na boca presentes da natureza, como uma grande ramagem, que balança fora d'água.

O boto-vermelho é também conhecido como boto-cor-de-rosa. Nas comunidades ribeirinhas, é chamado de boto-malhado e costa-quadrada.

# Caninana
*Spilotes pullatus*

A caninana é uma bela serpente. O colorido de seu corpo a disfarça e a confunde com as folhagens no chão da floresta. Em dias ensolarados, ela se expõe e descansa em cima do telhado de casas que estão perto das matas. Outras vezes, prefere ficar bem acomodada, aquecendo-se nos galhos das árvores.

Muitos a conhecem pelos nomes de cobra-tigre e papa-pinto. Passa a maior parte do dia acordada, procurando por roedores, aves e anfíbios. Quando encontra um deles, ela o engole com agilidade.

A caninana não possui veneno. Mas, quando acuada, para se defender, infla a garganta, que fica com um formato achatado e bem grande. A rápida mudança na forma do corpo deixa-a com aparência ameaçadora. Quem está por perto foge da caninana!

# Dd
## Dossel

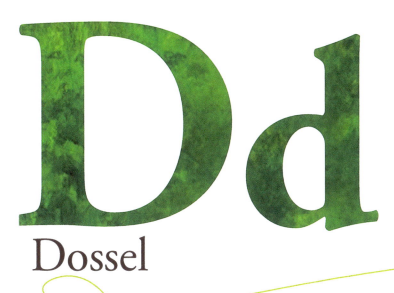

O dossel é formado pelos galhos das copas das árvores mais altas da floresta. A distância entre o solo e o dossel pode ser tanta, que do chão não conseguimos enxergar o que acontece lá em cima. Por causa disso, pouco se sabe sobre o "teto da floresta".

Na Amazônia, o dossel pode alcançar até sessenta metros de altura! Para conhecer os segredos do dossel, os biólogos precisam escalar o tronco das árvores usando cordas e equipamentos de alpinismo. É necessário muito preparo físico e coragem.

Mais perto do solo, a floresta é úmida e repleta de sombras; no alto, é mais seca e ensolarada. Para suportar o ambiente mais quente, as folhas do topo das árvores são mais grossas e duras.
O dossel esconde muitas surpresas. Macacos, pererecas, lagartos, pássaros, preguiças, cobras e uma inacreditável diversidade de invertebrados são habitantes do dossel.

Esse também parece ser o local perfeito para a harpia construir seu enorme ninho e observar o que acontece mais para baixo.
Penduradas sobre os galhos, as bromélias acumulam água entre as folhas, e ninguém precisa ir até lá embaixo para matar a sede!

# Ema
*Rhea americana*

A ema é a maior das aves do Brasil. As asas da ema não são usadas para voar, pois têm outras utilidades. Na primavera, os machos atraem a atenção das fêmeas abrindo as asas na dança do acasalamento. Para fugir do perigo, elas também abrem bem as asas, equilibrando melhor o corpo durante a corrida.

Os machos parecem ser os melhores pais do mundo. A fêmea apenas põe os ovos e o macho choca-os em um grande ninho feito no chão. Os filhotes nascem prontos para andar e seguem o pai, que os conduz a locais onde encontrarão cupins, besouros e outros insetos para comer. Nas horas mais quentes do dia, ele leva a filharada até um córrego, onde todos matam a sede. Também protege as pequenas aves com bravura, afastando com bicadas e patadas os lagartos e outros animais caçadores, que tentam chegar perto demais. Se um dos filhos se afasta do grupo, ele o chama de volta, mantendo todos reunidos.

Na Região Sul, a ema é conhecida como nhandu, nome que significa 'pernas que correm'. Para os índios Bororo, em um céu estrelado, a ema é simbolizada pelo Cruzeiro-do-Sul.

# Ff

## Furão
*Galictis cuja*

O furão movimenta-se com facilidade em qualquer lugar. É um rápido caminhante, um ágil escalador e um bom nadador. No chão, faz trajetos em zigue-zague e de tempos em tempos interrompe a corrida, levanta a cabeça, estica o pescoço, cheira o ar e observa ao redor. Quem sabe não há um pequeno bicho por perto, que irá virar uma deliciosa refeição?

Em um melancial, ele faz um furo na casca dura da fruta e come a doce polpa vermelha. Continua cavando e comendo, até que a fruta fique oca. Na época da colheita, o agricultor tem uma surpresa: a pesada melancia está leve e vazia.

Para se abrigar e descansar, o furão cava uma toca ou procura um espaço entre as rochas. Não é um mamífero solitário, vivendo acompanhado de um ou mais furões.

# Gg
## Garapuvu
*Schizolobium parahyba*

O garapuvu cresce nas florestas em regeneração. Em pouco tempo, desponta sobre as outras árvores da mata que não acompanham seu rápido desenvolvimento. A copa ampla e esparsa e o tronco reto e cilíndrico dão elegância a essa bela árvore.

Na primavera, as flores do garapuvu colorem as matas de amarelo. No outono, suas folhas caem, deixando aparecer os frutos secos. A cápsula aerodinâmica que envolve a semente se solta e é levada para direções que o vento manda. Por sua vez, as sementes do garapuvu germinam longe da árvore-mãe.

É na Mata Atlântica próxima do litoral da Bahia até Santa Catarina onde cresce o garapuvu. Lugar em que, desde tempos remotos, os índios Guarani já usavam o tronco leve dessa árvore para entalhar e esculpir suas canoas de pesca. Uma tradição que as comunidades caiçaras e açorianas mantiveram até bem pouco tempo.

O garapuvu também é conhecido como guapuruvu e guapiruvu. O formato liso e ovaladado das sementes faz que a árvore também receba o nome de ficheira.

# Harpia
*Harpia harpyja*

A harpia é a maior das águias que vivem no Brasil. Somente as extensas florestas preservadas oferecem as oportunidades de que essa grande ave necessita para viver. Silenciosa, permanece quieta por longo tempo, pousada no galho de uma árvore, e de lá observa os mais distraídos. Voando com agilidade entre as copas, ela captura quem também vive no alto. As garras são tão fortes que em um voo certeiro a harpia alcança e carrega um grande animal. Macacos e preguiças são fatalmente surpreendidos por ela.

Dividindo as tarefas, um casal de harpias consegue deixar descendentes; juntos, preparam bem no alto um enorme ninho de gravetos empilhados. A fêmea choca os ovos e cuida dos filhotes e o macho traz o esperado alimento.

No passado, as harpias eram avistadas em quase todo o País, mas, com os desmatamentos de nossas florestas, elas se tornaram habitantes praticamente exclusivas da Amazônia.

Gavião-real também é outro nome dessa majestosa ave.

# Ii

## Irara
*Eira barbara*

**A irara** percorre o interior da floresta durante todo o dia, mas é ao amanhecer e ao entardecer que está mais ativa. **Sobe e desce com agilidade nas árvores** e a cauda a ajuda a se equilibrar nas caminhadas entre os galhos. Em seu rápido deslocamento, consegue alcançar os pequenos animais para deles se alimentar. Frutos silvestres de sabor adocicado também fazem parte de seu cardápio.

Para descansar, ela cava um buraco perto das raízes de uma grande árvore, que se torna um lugar para se abrigar. As unhas compridas e as patas fortes são as ferramentas usadas nessa tarefa. Um tronco oco no alto de uma árvore também é um ótimo abrigo.

**A mãe dá à luz gêmeos,** que nascem com olhos e orelhas fechados. No interior de uma toca e sem a companhia do pai, a mãe protege e amamenta seus filhotes por longos dias. Passado algum tempo, ela lhes oferece o alimento que encontra nas redondezas. Logo, eles começam a acompanhar a mãe, que os ensina a caçar. Tendo aprendido as lições de sobrevivência, pouco antes de completar o primeiro ano de vida, os jovens passam a viver sozinhos.

As comunidades indígenas observaram que esse grande mamífero conseguia encontrar colmeias com mel. Por isso, deram-lhe o nome de irara, que **em tupi-guarani quer dizer 'comedor de mel'.** Em alguns lugares do Brasil, a irara é também conhecida pelo nome de papa-mel.

# Jj
## Jupará
*Potos flavus*

**O jupará é um mamífero noturno** que vive no alto das árvores. Peludo, com uma cauda capaz de sustentar o peso do corpo e ágil quando se movimenta na copa das árvores, o jupará parece-se mais com um macaco do que com seus parentes mais próximos, o mão-pelada e o quati.

Dorme de dia em local protegido, como em troncos ocos nas árvores. À noite, procura por frutos e flores. Engolindo as sementes dos frutos, ele as dispersa quando faz cocô em diversos locais da floresta. Lambendo as flores para alcançar o néctar, torna-se um excelente polinizador. O jupará é um ótimo **colaborador na regeneração das florestas!** Ele também se alimenta de larvas de insetos que ficam escondidas debaixo das cascas das árvores, besouros e mel.

Por ser noturno e se parecer com os macacos, o jupará **é conhecido na Amazônia como macaco-da-meia-noite.**

# Kk

*Kuika*
Chironectes minimus

*Kuika* é a palavra tupi-guarani que deu origem ao nome da cuíca-d'água, um marsupial capaz de nadar. A cuíca-d'água fêmea, como a canguru fêmea, tem uma bolsa na barriga, o marsúpio. Dentro dela a mãe carrega os recém-nascidos; é um local protegido em que eles mamam e completam seu desenvolvimento.

A cuíca-d'água vive em matas perto dos rios, córregos e lagos e à noite sai em busca do alimento. Ela é uma ótima nadadora. As patas traseiras são equipadas com membranas presas entre os dedos, parecidas com as dos patos. Ao mergulhar, a cuíca-d'água movimenta os pés e impulsiona o corpo para frente.

Com as patas anteriores, ou mãos, ela pega as presas que cruzarem o seu caminho. Pequenos peixes, camarões, caramujos, caranguejos, pererecas, insetos e plantas aquáticas fazem parte do seu cardápio.

O marsúpio oferece tanta proteção aos filhotes que a mãe pode mergulhar e nadar sem molhar a filharada.

# Ll

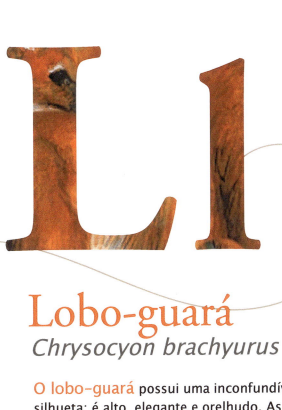

## Lobo-guará
*Chrysocyon brachyurus*

**O lobo-guará** possui uma inconfundível silhueta: é alto, elegante e orelhudo. As pernas compridas auxiliam-no nas longas e solitárias caminhadas noturnas. As orelhas e a alta estatura tornam-no capaz de escutar e perceber ao longe onde estão suas presas. Seu cardápio é riquíssimo: gafanhotos, roedores, gambás, rãs, aves, tatus e outros bichos que consegue encontrar e capturar.

**No Cerrado,** alimenta-se de um fruto chamado lobeira, que, quando maduro, fica recheado de larvas de insetos.

Apesar de viverem de forma solitária, uma vez ao ano, o mesmo casal de lobos se encontra e se une para cuidar de sua pequena ninhada de lobinhos. Quando os filhotes crescem, o casal separa-se. **Na primavera seguinte,** após um novo reencontro, mais lobinhos são criados pelos pais.

A pelagem marrom-avermelhada é a explicação para a origem de seu nome, já que, **em tupi-guarani, guará significa 'vermelho'.**

# Mm

## Maguari
*Ciconia maguari*

**O maguari é uma das maiores aves brasileiras,** sendo também conhecido pelos nomes de joão-grande e cegonha. O povo pantaneiro chama-o de tabuiaiá. A explicação para esse nome vem do som produzido pelo casal enquanto realiza a dança do acasalamento. Eles batem repetidas vezes o bico e o som resultante se parece com tabuiaiá, tabuiaiá, tabuiaiá.

Em grupo, o maguari permanece por longo tempo em lagoas rasas, brejos e banhados apanhando com o bico os bichos que encontra. Para conseguir pegar peixes, cobras, rãs e caramujos, **ele fica bem quieto, observando o que acontece debaixo da água.** Depois caminha devagar e recomeça a pescaria. Será por isso que, na língua tupi, maguari significa 'vagaroso'?

Migrando das regiões mais frias para as mais quentes, grupos de maguaris chegam ao **Pantanal e às grandes lagoas da Região Sul.**

Os casais constroem seus ninhos sobre a vegetação perto da água, trazendo pedaços de plantas aquáticas, que são empilhados formando uma larga plataforma.

# Nn

## Narceja
*Gallinago paraguaiae*

A narceja vive perto de banhados, lagos, açudes e praias. Possui um bico exageradamente comprido, funcionando como um ótimo instrumento para vasculhar a lama e a areia molhada. De tempos em tempos, ela o enterra e desenterra do solo. Se o sensível bico toca em algum bicho, somente a ponta dele se abre para pegar o minúsculo alimento encontrado.

Os olhos são posicionados longe do bico, por isso são capazes de ver o que acontece nas laterais e também atrás de seu corpo. Uma vantagem bem interessante para quem passa longo tempo com a cabeça abaixada.

A cor da plumagem também age a seu favor. No chão de um ralo capinzal, o casal de narcejas faz o ninho e cuida dos filhotes. Somente os olhares mais atentos conseguem enxergá-los.

# Onça-parda
## *Puma concolor*

**A onça-parda é um felino elegante.**
O corpo alongado oferece agilidade para caçar e subir nas árvores. Ser solitária, arisca, arredia e estar mais ativa à noite que de dia são motivos para que ela seja pouco observada.

Para conhecer alguns dos detalhes de seu dia a dia, os pesquisadores de campo passam longos períodos nas florestas e nas matas em busca de pistas deixadas por elas. As fezes são minuciosamente examinadas e trazem os vestígios de suas presas. Tatus, tamanduás, porcos-do-mato e cervos são alguns dos animais caçados por esse grande felino.

**Ela caminha longas distâncias** à procura das presas e, ao caçá-las, mantém em equilíbrio o número de animais que se alimentam das folhas das plantas. Na natureza, os seres vivos se interligam; por isso, as plantas e os animais são dependentes da existência uns dos outros. Se a onça-parda desaparece, o número de herbívoros aumenta e, então, mais brotos de árvores deixam de crescer.

**Suçuarana e leão-baio** são outros nomes conhecidos para a onça-parda.

# Pp

## Pirarucu
*Arapaima gigas*

O enorme e longo corpo coberto por grandes escamas confirma que o pirarucu é o maior peixe dos rios da Amazônia. De tempos em tempos, alcança a superfície e a cabeça se projeta para fora d'água. Então, o inusitado acontece; ele respira engolindo o ar. E volta a nadar com suaves e ondulantes movimentos nas águas calmas das margens dos rios.

Os indígenas, ao perceberem a cauda e a barriga avermelhada desse peixe, deram-lhe seu nome, em que *pira* quer dizer 'peixe' e *urucu*, 'vermelho'. O que é verdade, pois os machos se tornam mais vermelhos na época do acasalamento, ficando mais bonitos para as fêmeas. O inseparável casal cuida dos ovos, mantendo-os afastados de possíveis predadores. Após o nascimento, o pai mantém os cuidados estimulando os jovens peixes a nadarem até a superfície.

A cada respiração, o pirarucu revela-se e fica vulnerável à ação de pescadores que não entendem os limites da natureza. Com o tempo, sua presença foi se tornando cada vez mais rara. Na tentativa de preservar esse majestoso peixe, os pescadores das comunidades tradicionais de Mamirauá aprenderam a utilizar os princípios da sustentabilidade para que os pirarucus continuem nadando nos rios da Amazônia.

# Quiri-quiri
*Falco sparverius*

O quiri-quiri é o menor dos falcões encontrados no Brasil. Vive longe das florestas e gosta de ambientes abertos, como os campos, os cerrados e as plantações. Pousado no toco de uma cerca, ele passa o tempo observando tudo ao redor. Ao perceber algum movimento que denuncie a presença de algum inseto e de pequenos animais, levanta voo em perseguição. Outra tática usada para procurar o alimento é fazer voos que se parecem com o balançar de uma peneira. Se nesse vaivém avista a presa, o quiri-quiri desce em um voo certeiro, imobilizando-a com as garras.

O macho é menor do que a fêmea e ambos possuem um belo colorido. Na época do acasalamento, o macho corteja a fêmea entregando-lhe em pleno voo uma presa que ele capturou. Juntos procuram um local apropriado para o ninho, que pode ser um buraco no tronco de uma árvore. Ele ajuda a companheira chocando os ovos ou trazendo alimento para ela e os filhotes.

41

# Rr
## Restinga

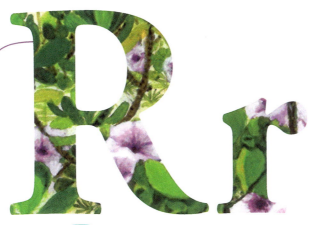

**A restinga é a vegetação rasteira com flores coloridas** que se esparrama pela areia das praias. As folhas dessas plantas são duras e grossas, próprias para resistir à força do vento salgado, ao calor do sol e aos respingos de mar com a subida da maré.

**A vegetação de restinga não está apenas na praia;** ela continua crescendo na direção oposta ao mar. Conforme a distância aumenta, formam-se os primeiros arbustos, com caules duros e retorcidos. A vegetação segue e avança para o interior, até que se torna uma floresta. No chão e nos troncos das árvores, crescem orquídeas e bromélias. O solo também vai ficando diferente; com tantas folhas caindo no chão, ele vai se tornando cada vez mais fértil.

Com muitas mudanças na paisagem, a restinga transforma-se em uma enorme faixa de vegetação. **Um lugar perfeito para o refúgio de muitos animais.**

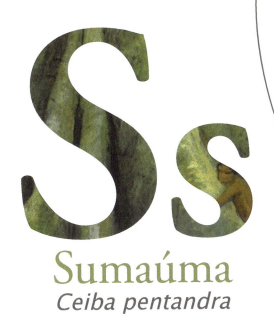

# Ss
## Sumaúma
*Ceiba pentandra*

**A sumaúma é a maior árvore das florestas tropicais.** Ela é altíssima e seus galhos parecem alcançar o céu. Por isso, as gigantescas sumaumeiras são os pontos de localização quando se navega por rios e igarapés da Amazônia. Elas orientam o caminho em uma paisagem verde capaz de enganar o mais atento barqueiro.

O tronco é sustentado por enormes raízes, que são **as sapopemas,** modeladas com profundos sulcos. Pouco antes de uma chuvarada, a sumaúma produz um barulho que se ouve a distância. A explicação para isso é a grande quantidade de água que armazena dentro do tronco e se movimenta em direção às raízes. Para muitos, esse som assustador é feito pelo curupira, que bate com força o casco de um jabuti nas sapopemas, para ter certeza de que a árvore irá resistir à tempestade.

**Conta uma lenda dos índios Ticuna** que, no início de sua existência, uma sumaúma fechava o mundo, por isso tudo era escuro como uma noite sem-fim. Até que um dia a árvore caiu e a claridade apareceu. Seu longo tronco deu origem ao **Rio Amazonas** e os galhos a uma trama de rios e igarapés.

Quantas pessoas são necessárias para abraçar essa majestosa árvore?

# Tt
## Tecelão
*Cacicus chrysopterus*

**O tecelão é um artista na construção dos ninhos.** A cada primavera, o casal tece uma bolsa feita de finas ramas vegetais. Usando o bico e uma técnica que somente eles conhecem, esses pássaros entrelaçam os fios e tecem uma rede firme e segura. No ninho há uma fenda, por onde se entra e sai.

**No interior da aconchegante bolsa,** são criados três filhotes, que se embalam nesse berço suspenso.

**O bico pontiagudo** também possui outras utilidades. Com ele, o tecelão consegue retirar pedaços de madeira podre e alcançar bichinhos suculentos. Ou abrir um fruto envolto por uma casca mais firme.

# Urutau
## *Nyctibius griseus*

No idioma tupi-guarani, urutau quer dizer 'pequena ave fantasma'. Um nome bem apropriado para uma ave que poucos conseguem enxergar. O urutau passa o dia imóvel, repousando, confundindo-se com a paisagem, e quem passa por perto nem percebe que ele está ali.

De dia, o urutau dorme e à noite ele acorda e voa para caçar mariposas. Nas noites de primavera, ouve-se seu canto triste e melodioso.

O urutau não constrói ninho. A fêmea escolhe a ponta de um galho meio apodrecido e com uma cavidade no topo, para que acomode o ovo e depois o filhote. Pai e mãe revezam-se na tarefa de chocar o ovo e cuidar da pequena ave.

Com o passar do tempo, o espaço torna-se pequeno para acomodar duas aves. É quando o filhote começa a ficar sozinho e a treinar a posição que o camufla. Como seus pais, ele também engana o mais atento observador.

Outro nome dado para o urutau é mãe-da-lua.

## Vitória-régia
*Victoria amazonica*

**A vitória-régia** enfeita as águas calmas dos rios da Amazônia e as áreas alagadas do Pantanal. Essa planta, com suas enormes folhas flutuantes, produz **uma grande flor branca que se abre nas últimas luzes do entardecer.** O perfume atrai besouros que vêm alimentar-se de suas pétalas e durante a visita polinizam a flor.

Com o calor do dia, as pétalas colorem-se de tons de lilás. Mas, como é de se esperar, com o passar dos dias, no lugar da flor, forma-se o fruto. Logo as sementes se soltam e flutuam livres nas águas dos rios. Navegam até que afundam e germinam na época da cheia dos rios. Nas profundezas e com as raízes presas ao solo, uma nova planta aparece na superfície.

Para alguns, **a robusta folha flutuante** pode se tornar um local de descanso ou de pescaria. Mas deve-se ter cuidado, pois as folhas são cheias de espinhos!

**Conta uma lenda indígena** que a Lua, chamada pelos índios de Jaci, escolhia as moças mais bonitas da aldeia e as transformava em estrelas. Naiá, uma bela jovem da tribo, queria se tornar uma delas. Todas as noites, ela subia até os lugares mais altos e tentava alcançar Jaci. Uma noite, já cansada, ao ver a luz do luar refletida nas águas de um rio, Naiá quis alcançá-la e deu um mergulho para nunca mais voltar. Com pena de Naiá, **Jaci transformou-a em uma bela flor,** a flor da vitória-régia, que se abre nas águas, branca como uma estrela, nas noites de luar.

# Ww

## *Waxini*
### Procyon cancrivorus

*Waxini* é a forma tupi-guarani de se falar guaxinim, um mamífero solitário que durante a noite caminha pelas matas em busca de frutos silvestres e bichos para caçar. As mãos são quase sem pelos, por isso o guaxinim é também conhecido como mão-pelada.

Na escuridão da noite, ele vê quase tudo, mesmo não enxergando as cores. Vira e revira o que encontra e depois coloca na boca. O tato aguçado fornece as pistas de que o prêmio encontrado é mesmo um saboroso jantar. Em águas mais rasas, ele se aventura e é rápido o bastante para pegar os peixes.

Se a floresta fica perto de um manguezal, o guaxinim vai até lá à procura de caranguejos. Antes de comer, para não se engasgar com o lodo preso ao corpo de seu petisco, ele vai até a beira d'água e o lava, deixando-o limpinho.

Mascarado, simpático e inteligente, o *waxini* ou guaxinim passa a maior parte do tempo no chão, mesmo quando dorme em uma toca bem escondida. Se surge algum perigo, sobe nas árvores com muita agilidade.

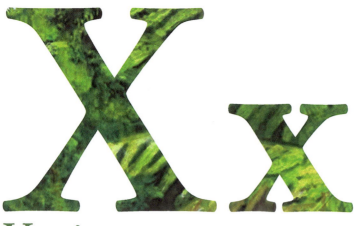

# Xaxim
*Dicksonia sellowiana*

**O xaxim é uma samambaia do tamanho de uma árvore.**
Seu aspecto é de uma planta pré-histórica. Possivelmente é, pois as samambaias já existiam na época dos dinossauros.

O tronco é formado por finos e entrelaçados ramos. Por isso, o xaxim **é retirado da Mata Atlântica** e transformado em vasos para cultivar orquídeas. Essa planta de beleza exótica tem sido tão explorada pelo homem que está ameaçada de extinção.

Na floresta, o tronco fibroso do xaxim serve de suporte para diversos tipos de pequenas plantas, que crescem suspensas, buscando a luminosidade certa para também crescerem. Sua folhagem espessa é um refúgio seguro para as aves menores construírem seus ninhos.

**O xaxim não tem pressa de se tornar adulto.** Aos quarenta anos, ele alcança dois metros de altura. A planta cresce até atingir seis metros. Que idade terá o xaxim quando atingir essa altura?

## *Ybyrapytanga*
### *Caesalpinia echinata*

**Em tupi-guarani, *ybyrapytanga* quer dizer 'árvore de madeira vermelha'.** No início da colonização do Brasil, os portugueses chamavam essa árvore de brasil, porque a cor vermelha da madeira se parece com um braseiro incandescente. Naquela época, muitas árvores foram retiradas das florestas e de sua madeira era extraído um pigmento que coloria os tecidos, deixando-os mais bonitos. Em pouco tempo, **a árvore ficou conhecida por pau-brasil.**
O território recém-descoberto, que havia sido batizado de Terra de Santa Cruz, ficou tão famoso pela tinta do pau-brasil, que até mudou de nome, passando a ser chamado de Brasil.

*Ybyrapytanga*, ou pau-brasil, **é nativo da Mata Atlântica** entre o Rio de Janeiro e o Ceará. Nas árvores mais jovens, o tronco e os galhos são cobertos por espinhos, que com o passar dos anos desaparecem. As flores possuem um agradável perfume e, dependendo da região, abrem-se na primavera ou no verão.

O belo pau-brasil é uma árvore reverenciada pelos brasileiros. Em muitas cidades, ele é plantado em parques, bosques e jardins, tornando imortal a lembrança de seu **valor simbólico na história de nosso país.**

# Zz

## Zogue-zogue
*Callicebus brunneus*

O zogue-zogue é um macaco que vive nas florestas da Amazônia. Pequenos grupos de zogue-zogue preenchem os espaços da mata.

Nas primeiras horas da manhã, o casal de zogue-zogues realiza um longo e **elaborado dueto.** Quando eles param, outro casal que vive um pouco mais distante também faz seu dueto. Exibindo seus cantos, os casais avisam uns aos outros que naquele lugar da floresta já vive uma família.

O casal permanece unido por toda a vida e a cada ano nasce um novo filhote. Ao se tornar jovem, ele aprende com os pais as notas e a sequência do canto. Então, quando adultos, um macho e uma fêmea de grupos diferentes deixam suas famílias e formam um novo par. **Com muito treino,** o primeiro ano de convívio dos recém-casados é dedicado a aprender a coordenar os sons do dueto.